THiLO

Lesepiraten

Vampirgeschichten

Illustrationen von Wilfried Gebhard

Loewe

Der Umwelt zuliebe ist dieses Buch
auf chlorfrei gebleichtem Papier gedruckt.

ISBN 978-3-7855-4174-6
1. Auflage 2007

Umschlagillustration: Wilfried Gebhard
Reihenlogo: Angelika Stubner
Printed in Germany (017)

www.loewe-verlag.de

Inhalt

Das Festmahl

Stanislaus von Rattenschreck
ist ein echter Vampir.
Seit 222 Jahren haust er im Turm
von Burg Rabenschnabel.
Als es zur Geisterstunde schlägt,
steigt er aus seinem Sarg.
Auf seiner Schulter sitzt
die Fledermaus Knurri.

„Blut!“, jault Stanislaus.
„Ich brauche Blut!“
Er blickt
aus dem Burgfenster.
Vollmond!

Den hat Stanislaus am liebsten.
Hektisch schnüffelt er
in der Luft herum.
„Rieche ich da Menschen?“,
fragt er seine Fledermaus.
Knurri nickt.
„Unten im Saal schläft
eine Gruppe von Pfadfindern.“
Ohne die Stufen zu berühren,
schwebt Stanislaus
die Treppe hinunter.

Tatsächlich!
Im Rittersaal
liegen zehn Kinder.
Nur ihre Köpfe schauen
aus den Schlafsäcken heraus.
Und natürlich ihre Hälse!
Verzückt leckt sich der Vampir
die blauen Lippen.

Schon beugt er sich
über einen kleinen Jungen,
der neben der Treppe schläft.
„Durst!“,
seufzt Stanislaus.
Da setzt sich der Junge
plötzlich auf.

Er reibt sich die Augen.
„Du hast Durst?“,
nuschelt er schläfrig.
„Wie wär’s mit Apfelsaft?“,
fragt er.
Müde hält er dem Vampir
seine Trinkflasche
vor die spitzen Zähne.

Vorsichtig probiert Stanislaus
den kühlen Trunk.
Dann muss er grinsen.
„Mmmmmmh!“, schwärmt er.
„Das schmeckt ja 222-mal besser
als Blut!“

Als die Pfadfinder
am nächsten Morgen aufwachen,
sind alle Trinkflaschen leer.
„Das waren bestimmt
die Großen!“,
glaubt der Junge,
der neben der Treppe schläft.

Als sie die Burg verlassen,
liegt Stanislaus schon längst
wieder in seinem Turmzimmer.
Knurri und er träumen
von einem großen Fass Apfelsaft!

Der geheimnisvolle Spiegel

Katharina und ihr Bruder Markus
lieben Sperrmüll!
Da stellen alle Leute
Sachen auf die Straße,
die sie nicht mehr brauchen.
Auch heute ist die ganze Stadt
voll mit wunderlichen Dingen.

Katharina findet
einen Kinderwagen mit drei Rädern.
Markus schleppt
eine Blümchentischdecke an.
„Katharina, guck mal!“,
ruft er plötzlich.

Vor einem alten Haus
steht ein seltsamer Spiegel.
Sein Glas ist ganz staubig.
Auf dem Rahmen sind Köpfe
mit spitzen Zähnen.

„Den nehmen wir mit“, beschließen sie.
Als sie ihn im Garten putzen, kommt auf der Rückseite eine alte Inschrift zum Vorschein.
Katharina liest sie Markus vor:
„Vampire sieht man nicht im Spiegel.“
Sie gruselt sich.

Da steht plötzlich
ein bleicher Mann vor ihnen.
Katharina hat ihn
gar nicht kommen sehen.
Auf seinem Kopf sitzt
ein schwarzer Hut
mit einer riesigen Krempe.
Kein Sonnenstrahl
erreicht sein Gesicht.
„Das ist *mein* Spiegel“,
haucht der Mann.

Katharina wird es ganz kalt.
Markus versteckt sich
hinter ihr.
„Bitte, gebt ihn mir zurück“,
stöhnt der Fremde.

Katharina nickt
und dreht sich um.
Da gefriert ihr das Blut
in den Adern.
Im Spiegel sind nur Markus
und sie zu sehen!
Der Mann muss ein Vampir sein!
Wird er ihnen jetzt
in den Hals beißen?
Da hat Katharina eine Idee.

Sie dreht den Spiegel ins Licht.
Die Sonnenstrahlen lenkt sie
dem Mann direkt ins Gesicht.
„Naaaaaain!“,
jault er.
Dann zerfällt er
zu Staub.

Katharina wischt sich
den Schweiß von der Stirn.
„Mutige Kinder haben doch
vor Vampiren keine Angst!“,
sagt sie fröhlich.
Den Spiegel bringen sie
trotzdem zurück.

Geisterbahn

Einmal im Jahr ist Kirmes.
Heute dürfen Justus und Malte
zum ersten Mal alleine gehen.
Zuerst fahren sie Riesenrad
und Kettenkarussell.
Dann essen sie Zuckerwatte
und gebrannte Mandeln.
Ganz zum Schluss stehen sie
vor der Geisterbahn.

Ihr Taschengeld reicht
gerade noch für den Eintritt.
Der Wagen fährt los.
Plötzlich taucht
eine riesige Spinne vor ihnen auf.
„Die ist bloß aus Plastik“,
weiß Justus.
Trotzdem gruselt es ihn.

Als Nächstes erscheint
ein Skelett.
„Hier kommt ihr
nicht mehr raus!“,
wimmert es und lässt
die Knochen klappern.

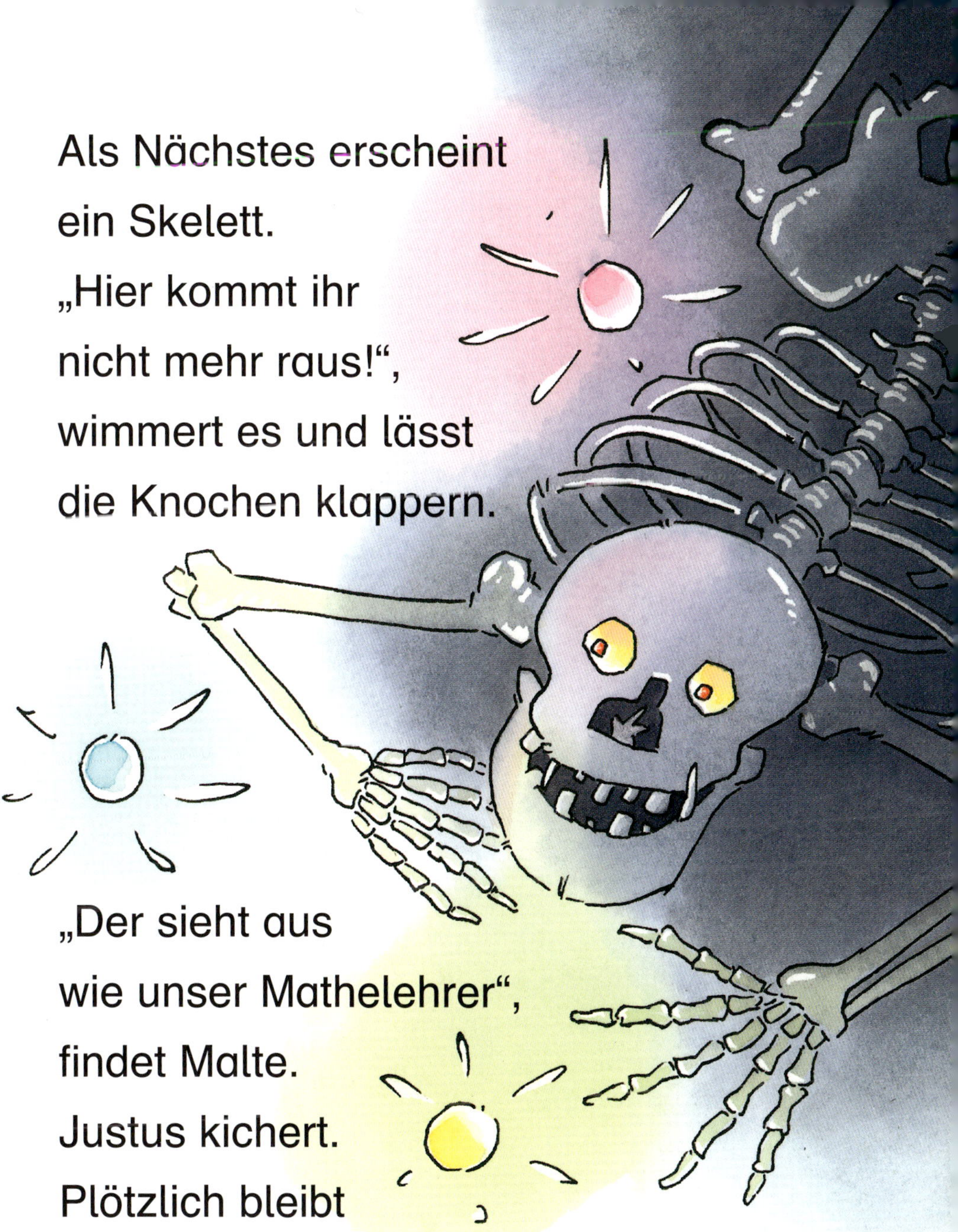

„Der sieht aus
wie unser Mathelehrer“,
findet Malte.
Justus kichert.
Plötzlich bleibt
ihr Wagen stehen.

Von oben schwebt ein Vampir
zu ihnen herab.
„Was fürrrr schöne Hälse
ihrrrr habt!“,
säuselt er.
„Ja, aber die sind
nicht gewaschen!“,
antwortet Justus lachend.

Der Vampir verzieht das Gesicht.
„Außerdem haben wir gestern
Knoblauch gegessen“,
fügt Malte hinzu.

„Knoblauch? Fürrrrchterrrrlich!“,
ächzt der Vampir.
Dann macht es *buff*!
Auf dem Wagen sitzt nur noch
eine kleine Maus.

Ängstlich springt sie
hinter einen schaurigen Piraten.

Drei Gespenster später
ist die Fahrt zu Ende.
„Na, wie findet ihr
unsere Geisterbahn?“,
fragt die Kassiererin.
„Toll!“,
antwortet Malte.

„Am allergruseligsten
war der Vampir“,
erzählt Justus.
Die Frau wundert sich.
„Was für ein Vampir?
Wir haben doch gar keinen ...!“

Die Vampirhochzeit

„Hochzeit auf Burg Felsenheim!“,
steht auf dem Fledermausogramm,
das soeben zum Turmzimmer
hereingeflattert kommt.
„Bravo, bravissimo!“
Gabor Gruselzahn, der Vampir,
klatscht begeistert
in die bleichen Hände.

„Endlich sehe ich
meine alten Freunde wieder!“
Punkt Mitternacht
beginnt Gabor Gruselzahn damit,
sich fein zu machen.
Seinen Mantel pudert er tüchtig
mit Mottenkugeln ein.
Wie schön muffig er nun riecht!
Anschließend schmiert er sich
Rattendreck auf die Stiefel.
So kann er am besten tanzen!

Mit einer Nagelfeile spitzt er
seine Zähne an.
Sie funkeln im Mondlicht.
„Bravo, bravissimo!“,
jubelt Gabor Gruselzahn.
Dann steigt er
auf den Fenstersims
und wirft den Mantel über sich.
Im Nu verwandelt er sich
in eine Fledermaus und fliegt los.

Die Nacht ist finster
und bitterkalt.
Hunderte von Fledermäusen
flattern zum Schornstein
von Burg Felsenheim herein.
Gabor landet
mitten im großen Saal.
Er breitet die Flügel über sich.
Im Nu hat er wieder
seine Menschengestalt.

„Bravo, bravissimo!“,
jauchzt er
und küsst der Braut die Hand.

„Wie wunderbar blutleer
Ihr ausseht!“
Die Vampirlady macht einen Knicks.
„Und wen habt Ihr Euch
als Ehemann ausgesucht?“,
fragt er gespannt.

Die Braut lächelt.
„Den feinsten aller Vampire“,
säuselt sie verliebt.
„Dich, Gabor!“
Gabor kratzt sich
mit seinen langen Fingernägeln
am Kopf.
„Ja, richtig!“, seufzt er.

„Ich sollte weniger frische Luft in
meine Turmkammer lassen.
Ich werde langsam vergesslich!“
Dann klatscht er in die Hände.
„Liebe Freunde, willkommen
zu meinem Hochzeitsfest!“,
ruft er begeistert.
„Musikanten, spielt auf!“

Drei Vampire greifen
zu ausgehöhlten Knochen
und flöten ein schräges Lied.
Zweihundert Vampire
umkreisen Gabor und seine Braut
beim Hochzeitstanz.

Omas Geschenk

Als Maja aus der Schule kommt,
wartet ein großes Paket auf sie.
Es ist von Oma!
Maja packt das Paket aus.
Nanu, was ist denn das?
Ein altes Buch!
Auf dem Umschlag ist
ein Vampir aufgemalt.

Nach dem Abendbrot
geht Maja heute
besonders schnell ins Bett.
Vor dem Einschlafen
will sie unbedingt noch
das alte Buch lesen.

„Vampire kommen in der Nacht“,
liest Maja ihrem Teddy vor.
„Wenn dich ein Vampir
in den Hals beißt,
wirst du selber ein Vampir!“

Maja schluckt.

Schnell blättert sie um.

„Vampire verjagt man

mit Knoblauch“,

steht auf der nächsten Seite.

„Auch Sonnenlicht können sie

nicht leiden.

Deshalb kommen sie fast immer

in der Nacht.“

Plötzlich knarrt die Treppe.

Maja schreckt hoch.

Schnell knipst sie das Licht aus.

Das ist bestimmt ein Vampir!
Was soll Maja nur tun?
Knoblauch hat sie
in ihrem Kinderzimmer nicht.
Und weil Nacht ist,
scheint natürlich keine Sonne.
Vielleicht hilft ja auch
normales Licht.
Schnell zieht Maja die Schublade
von ihrem Nachttisch auf.

Sie holt
die Taschenlampe hervor.
Langsam wird die Türklinke
heruntergedrückt.
Eine dunkle Gestalt schwebt
ins Kinderzimmer.
„Stopp!“,
ruft Maja mutig und knipst
ihre Taschenlampe an.

Vor ihr steht Mama!
„Hast du dein Buch
schon durchgelesen?“,
fragt sie.
Maja schüttelt den Kopf.
„Den Rest lese ich lieber,
wenn die Sonne scheint!“,
antwortet sie.
Dann kuschelt sie sich
erleichtert an ihren Teddy.

Der unheilvolle Vermieter

Vor zwei Wochen sind Fabian
und seine Eltern umgezogen.
Ein Lastwagen bringt heute
die letzten Umzugskisten.
„Die müssen alle
auf den Dachboden, Fabi“,
entscheidet sein Vater.

„Fängst du schon mal an?
Ich muss noch den Männern
beim Ausladen helfen."

Die leichten Kartons
kann Fabian schon tragen.
Ächzend schleppt er sie
die steile Treppe hinauf.
Die alte Dachbodentür ist zu.
Aber zwischen zwei Ziegelsteinen
entdeckt Fabian
einen verrosteten Schlüssel.
Er passt ins Schloss!

Zweimal dreht Fabian
den Schlüssel herum.
Dann schwingt die Tür
knarrend auf.
Fabian zuckt zusammen.
Der Dachboden
wirkt so gespenstisch!
Überall sind dicke Spinnweben.
In der Ecke steht
ein abgewetzter Koffer.

Sonst ist der Raum leer.
Fabian wird es ganz mulmig.
Trotzdem siegt seine Neugier.
Er drückt auf den Deckel
des Koffers.
Die Schnallen springen
wie von allein auf.
Mit großen Augen
betrachtet Fabian,
was zum Vorschein kommt:

Ein langer schwarzer Umhang.
Ein schwarzer Zylinder
mit einer blutroten Schärpe.
Schwarze Männerstiefel.
Und eine Packung
mit der Aufschrift
„Fledermausfutter".

„Hilfe!",
brüllt Fabian.
Hastig stürmt sein Vater
die Treppe hinauf.
„Was ist passiert?",
schnauft er erschrocken.

Fabian zeigt auf den Koffer.
„Da!“, stammelt er.
„Unser Vermieter ist ein Vampir!“
Papa bricht in Lachen aus.
„Du liest
zu viele Gruselbücher, Fabi!“,
sagt er. „Das ist
mein altes Karnevalskostüm!“

Ein Vampir im Flur

Heute Abend
sind Tonis Eltern ausgegangen.
Damit Toni nicht allein ist,
passt Miriam auf ihn auf.
Sie wohnt nebenan
und ist schon 15 Jahre alt.
Zusammen mit Miriam
sieht Toni sich
einen Vampirfilm an.

Der ist eigentlich
ziemlich lustig.
Aber als sich Toni später
im Badezimmer die Zähne putzt,
gruselt er sich doch ein wenig.
Am liebsten würde er
nach Miriam rufen.
Aber dann schämt er sich.
Schließlich ist er ja
kein Baby mehr!

Als er die Lampe ausknipst,
zuckt er zusammen.
Durch den Türspalt fällt
ein Lichtstreifen herein.
An der Wand neben ihm erscheint
ein gespenstischer Schatten.
Ein Mann mit langem Umhang
steht im Flur!

Seinen Mund hat er
weit aufgerissen.
„Ein Vampir!“,
ruft Toni erschrocken.
Dann nimmt er
all seinen Mut zusammen.
„Nein“, flüstert er leise.
„Vampire gibt es nur im Film!“

Mit einem Fußtritt stößt er
die Badezimmertür auf.
Von einem Vampir fehlt jede Spur.
Verwirrt blickt sich Toni
im Flur um.
Dann muss Toni laut loslachen.
Es war nur der Kleiderständer!
An dem hängt Papas feiner Mantel.
Und obendrauf steht Tonis Bagger
mit aufgeklappter Schaufel.

Den muss Mama beim Putzen
da hingestellt haben.
„Bist du fertig?“,
fragt ihn Miriam.

„Klar“, antwortet Toni grinsend.
„Meine Zähne sind blitzsauber.“
Dann zeigt er
auf den Kleiderständer.
„Aber Graf Mottenfraß
muss noch ein bisschen putzen!“

Die ersten 20 Lebensjahre verbrachte **THiLO** in der Kinderecke der elterlichen Buchhandlung. Anschließend schaute er sich in Afrika, Asien und Mittelamerika um, bevor er mit Freunden als Kabarett-Trio „Die Motzbrocken“ erfolgreich durch die Lande zog (Grazer Kleinkunstpreis/ Hessischer Satirepreis).

Heute lebt THiLO mit seiner Frau und vier Kindern in Mainz und schreibt neben seinen Romanen Geschichten und Drehbücher für u.a. Siebenstein, Sesamstraße, Schloss Einstein und Bibi Blocksberg.

Mehr über THiLO und seine Geschichten erfahrt ihr im Internet unter www.thilos-gute-seite.de.

Wilfried Gebhard ist in Crailsheim geboren und in Stuttgart aufgewachsen. Nach dem Grafikstudium an der Grafischen Fachschule und der Staatlichen Akademie der bildenden Künste in Stuttgart arbeitete er zunächst in der Werbung. Später kam er zum Cartoon und zur Illustration. Neben zahlreichen Veröffentlichungen in Magazinen und Zeitschriften, Cartoon- und Kinderbuchverlagen entstanden Arbeiten fürs Kinderfernsehen.

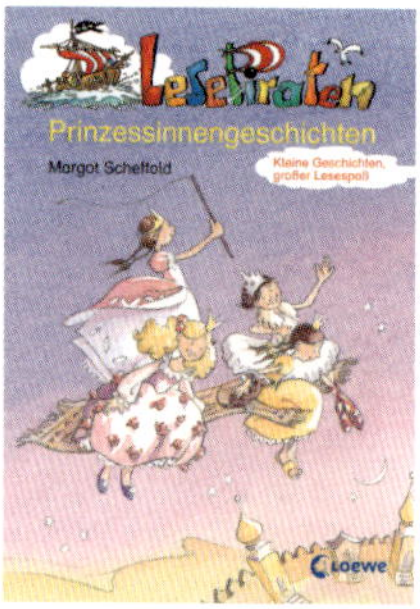

Die Lesepiraten bieten viele kurze Geschichten zu einem beliebten Kinderthema. Die klare Textgliederung in Sinnzeilen garantiert ein müheloses Erfassen des Inhalts und ermöglicht auf diese Weise auch weniger geübten Lesern ein schnelles Erfolgserlebnis. Zahlreiche Illustrationen schaffen ausreichend Lesepausen und lassen die Geschichten lebendig werden.

Die 3. Stufe der Loewe Leseleiter

Loewe